大小爱

铁帆 著

国文出版社
·北京·

图书在版编目（CIP）数据

大小爱 ／ 铁帆著 . -- 北京 ：国文出版社 ，2024.
ISBN 978-7-5125-1772-1

Ⅰ. Ⅰ227

中国国家版本馆 CIP 数据核字第 20248569G7 号

大小爱

作　　者	铁　帆
责任编辑	苗　雨
策　　划	凌　翔
责任校对	陈一文
装帧设计	吉建芳
出版发行	国文出版社
经　　销	全国新华书店
印　　刷	北京鑫瑞兴印刷有限公司
开　　本	880毫米×1230毫米　　　32开
	4.875印张　　　　　　200千字
版　　次	2025年1月第1版
	2025年1月第1次印刷
书　　号	ISBN 978-7-5125-1772-1
定　　价	59.80元

国文出版社
北京市朝阳区东土城路乙 9 号　　邮编：100013
总编室：（010）64270995　　传真：（010）64270995
销售热线：（010）64271187
传真：（010）64271187-800
E-mail：icpc@95777.sina.net

言之在前两段话

因为年龄大了，因为爱尚在，所以我很有一些恋旧情结，所以就有了这一册写作时间跨度三十多年的个人诗歌作品结集：《大小爱》。

一说"大爱高歌"

我从小就受着这样的教育：爱党，爱祖国，爱人民，爱英模英烈，爱故乡故土……身边的老师和老人，都这么说、这么做。

跟样学样！

于是我这个出生于北方小山村的不太野、不太淘的臭小子（其实也不太臭），不懂平，不知仄，有一天竟装模作样学起写诗，抒发心中爱。

可自己毕竟格局有限，又学步不勤、学技不精，几十年下来，也就写下几十首"大爱高歌"，爱还不够大，歌还不够高。

然终归敝帚自珍，自己的声音，嘹亮也罢，沙哑也罢……挑挑拣拣，辑录于此，聊以馈岁月、慰心灵。

二说"小爱低吟"

"小爱"其实也不小，并未随着时间流逝而衰老。

只是我之爱，不追求轰轰烈烈、风风火火，更喜欢脉脉含情、窃窃私语，无论年轻还是年长。

所以几十年也只写下几十首"小爱低吟"，很自我，很低调。

吾手写吾心，更多平仄的音符，早已化身为厨间的柴米油盐酱醋茶……很高兴还有这一些穿越几十载风雨的小诗，尚未褪去当初的鹅黄本色，时时提醒我：有爱的岁月真好！

是的，有爱的岁月真好，真的好！

人间爱，当然不是非大即小。这一册《大小爱》，实在是我的精心选择。其他的爱，也都在我的心中、我的诗里，比如我那一百多首思父念母的怀亲诗，比如我那数百首三行五句的微型诗，今后有机会再另行结集出版。

2024 年 8 月 1 日于北疆边城黑河

目　录

第一辑　大爱高歌

第一辑

大爱高歌

太阳颂歌

——谨以此百行诗致敬中国共产党成立100周年

上篇：站起来

一

一九二一，上海法租界，嘉兴南湖

白色恐怖被一粒

革命火种烫出一星光亮

火种来自太阳，来自古老东方

亘古一脉的睿智与坚强

来自爱，来自恨

来自觉醒的忠勇热血沸腾

来自五千年龙图腾负重之殇

二

黑夜里跋涉，向着黎明的方向

片片荆棘踩于脚下

踩出道道不羁的钢筋铁骨

五卅惨案，六一一惨案，沙基惨案
南昌起义，秋收起义，广州起义

一朵朵鲜血染红的生命之花
于呼啸的凄风苦雨里
倔强地闪耀着阳光般从容的微笑

三

剑出鞘，斩倭敌
唤醒咆哮黄河，叩响莽莽昆仑
驰骋万里破碎江山

十四年泣血呐喊，十四载浴血拼杀
头颅舍却千百万，家国寸土不让

一棵棵伟岸的生命树倒下了
一座座不朽的历史丰碑
以战斗的凛然之姿，顶天立地

四

东风如期吹响了嘹亮鸽哨

如一柄浩然之剑

荡涤九州天之阴霾、地之疮痍

激动的泪水，欢快的歌声

岁月河翻腾着一往无前的波浪

一九四九，中国人民站起来了

傲立天安门城楼的毛泽东和战友们

周身洒满十月的金色阳光

哦，历尽千辛，舍生取义

共和国大地盛开的白菊不会忘记……

抗美援朝，"两弹一星"

大庆油田，改天换地……

共和国屹立在东方

中篇：富起来

五

贫穷不是社会主义。望穿历史迷雾

一九七九，一位老人
在中国南海边画了一个圈

这个圈，是一块思想高地
闪耀着深邃的目光与蓬勃的力量

春天，种子欣欣然破土萌芽
智慧的跑马把一犁犁板结的泥土
谱写成一畦畦希望的摇篮曲

六

播种的日子洒满阳光
洒满阳光的日子
每一粒种子都孕育着美好

梦想开始出发，扇一双巨翅
携满共和国灿灿荣光

脚手架雨后春笋般拔节
一座座崭新的城市
站上一个个崭新的高度眺望远方

七

远方潮起潮涌，远方如梦如幻
远方浪花里飞出甜蜜的歌儿
远方春光无限馥郁无边

在春天里播种明媚春天
在爱情里演绎美丽爱情

田野中，厂矿间，军营里，校园内
每一抹肤色都洋溢灿烂光彩
每一朵微笑都色彩斑斓

八

就这样按照改革开放的蓝图
走出去。走出家门，走出国门
走上康庄大道

劳动，创造，聪慧，坚韧
书写厚重历史的总是永不停歇的脚步

曾经积贫积弱一穷二白的祖国
被中华儿女以殷殷大爱

谱写成一部雄浑壮美的新东方交响曲

下篇：强起来

九

醒狮昂首，亚洲风雄起

走到世界舞台中央

一个古老民族傲然开启新时代

五千年文明之厚积，喷薄而出

熠熠生辉，光耀寰宇

这是一个目光向远的新时代

这是一个胸怀天下

构建人类命运共同体的新时代

十

民族复兴，时不我待

枪林弹雨锻造的初心永远在肩

永远鲜红似火、炽烈如焰

为人民谋幸福，为民族谋复兴

为人类谋和平与发展

举旗定向，继往开来
东方巨龙擎天
昂昂然屹立于巍巍世界之林

十一

世界第二大经济体、第一大工业国……
历史性成就、历史性变革
百年大党，风华正茂

进行伟大斗争，建设伟大工程
推进伟大事业，实现伟大梦想

以美好生活、全面小康、现代化强国
铸就中华民族复兴中国梦
响亮地回答风云际会的时代课题

十二

沉着应对百年未有之大变局
肩负历史使命，胸怀大国担当
昂立洪流滚滚之潮头

江山就是人民，人民就是江山
十四亿兄弟姐妹十四亿钢铁长城

看那阳光里燃烧的幸福时光
幸福着金色童年、火红爱情
幸福着九百六十万平方公里广袤大地与天空

哦，东方巨轮，东方巨人
挺立着东方龙之脊梁，笑傲风雨……

　　原载于《黑河日报》2021 年 7 月 1 日第 3 版，经修改以《阳光辞》为题再刊于《莲池周刊》2023 年 8 月 18 日第 33 期（总第 1179 期）

毛泽东：亚细亚巨人

——谨以此百行诗纪念毛泽东百年诞辰

一

就像寂寥的天空选择了太阳

亚细亚，这片古老土地

这部刻满箴言的历史

健步走出一位

光照千古的巨人：毛泽东

二

这是一个多么响亮的名字

响亮如海底蓝色龙吟

这是一副多么伟岸的身躯

伟岸似地平线上挺拔的大树

这是一双如炬的眸子

引燃燎原之势

在那片沉沉的迷雾里……

三

尖锐沙砾，黑色荆棘
探寻大光明的脚步
书写着不歇不辍的血之路

那是母亲嘶哑的呼唤啊
一阵阵……撞疼无语心扉
尽千年忠孝
燃满腔炽烈火焰

为大爱出走
好男儿
扛一柄信仰的旗

四

山川破碎，河流哽咽
太多的满目饥渴
渴求滋润
太多的遍地干涸
期待濡染

这就是秦皇汉武的子民吗

这就是唐宗宋祖的故园吗

为苦难母土
唱生命的慷慨悲歌
隆隆枪炮声中
书生策马
驰出纸墨人生

五

从春流浪到秋
从雪漂泊到花朵
只要心是罗盘
太阳就永远燃烧在眼里

兄——弟——去——了
娇——妻——去——了
爱——子——去——了

不去的
是深夜里的烛火
是望向远方的泪眼
是心中的大海，汹涌澎湃

六

雪山，草地……

前堵，后追……

那是一幅怎样空前惨烈的画卷

没有路的地方

硬是被一双双脚

踩出了一条条红色的路

没有阳光的地方

硬是被一个个壮美的生命

泼染出漫天霞光

七

为饱经沧桑的母亲

仔仔细细缝补心灵的创伤

为废墟之上点点萌芽

蛮荒深处丝丝蠕动

燃起堆堆篝火

那是巨人的绝唱啊

平平仄仄的诗句

自《沁园春》一路铺展

那是精血铸就的太阳啊
成千上万的弟兄们
笑慰九泉的希望之光

八

睡狮醒来。九百六十万平方公里
广袤的天空和大地
连同巨人的挥手、微笑与泪花
铿然定格为一帧不朽记忆

风景就这样走出梦想
艺术就这样走向辉煌

麦色欣欣，掌声如潮
一代智慧的额头
纹路蜿蜒千里

九

岁月说：巨人踩在身后的
那些深深浅浅的脚印

叫革命思想

亦是真理路线

十

而历史不言

一任满纸巍峨山峰

翘首以待崭新的太阳

跃上肩头

雄亘东方时空

十一

有一个春天

名字叫毛泽东

千百次诵读，千百次

绿油油的情感激荡心头

致敬啊！我们由衷致敬

致敬一世倾情之耕耘

千秋传承之中华

龙图腾之沃土

十二

有一艘煌煌巨轮

名为中国号

航线向远，越雨穿风

载满金灿灿阳光

那是我们的船长啊

一代亚细亚巨人

伫立甲板之巅，高声吟咏

数风流人物

还看今朝

原载于《黑河日报》1993 年 12 月 24 日第 3 版，经修改以《巨人颂》为题再刊于《莲池周刊》2023 年 8 月 18 日第 33 期（总第 1179 期）

母土之歌

混沌初开，洪荒苍茫
一条黄色大河喷涌而出
一群黄皮肤的生命走下山来

恐龙、始祖鸟、原始大森林
孤独的篝火燃烧着无边的夜色
燃烧着久久的虎啸、远远的狼嗥
阅读满天繁星，跪拜太阳
龟甲兽骨上刻满浓雾一样的心事
滚滚莽莽任凭山野风吹
沙砾含血，鹤嘴锄播种岁月之歌
鱼骨针缝补历史之河
呵！母土、母土，黍的微笑里
草裙舞踏响朗朗秋日

大禹治水，诸子百家各领风骚
汨罗江是一曲悲壮的《天问》吗
路漫漫其修远兮，龙的传人上下求索

万里长城傲骨雄风横亘中州大地
丝绸之路逶逶迤迤力穿瀚海狂沙
飞天娉婷，敦煌艺术辉煌如日
跃出东方湛蓝色海平线
耀亮一个古老民族智慧的天空
呵！母土、母土，唐诗宋词里
黄河之水天上来，惊涛拍岸

惊涛拍岸，镀金的传说生出翅膀
飞过遥远的板块掀起欲海波澜
于是一束束贪得无厌的目光
饥虫般爬向中华大地的肌肤
圆明园焚毁了，断瓦残垣呜咽有声
石头城伤痕累累，腥风中张扬着强盗的旗……
就这样血雨倾盆！可在虎门在三元里
在北方青纱帐中，龙种依然高昂倔强的头颅
呵！母土、母土，苦难岁月里
地下火在热烈地奔突

期待爆发，南湖红船满载希望的火种
驶出浓浓夜色，开一代崭新航程

东方睡狮终于醒来了醒来了
一曲《黄河大合唱》迎来金秋十月
肥沃土地上麦子和楼房一同拔节
高速公路与新技术革命浪潮并肩同行
运载火箭腾空而起，飒飒世纪风中
共和国是一只振翅翱翔的鲲鹏
呵！母土、母土，美丽的季节里
有一支迷人的歌儿在流行

红日东升，岁月峥嵘
一条黄色大河汹涌澎湃
一群黄皮肤的生命走向未来

原载于《虹》2023 年第 4 期

永远的"最可爱的人"

1990 年 4 月 21 日，新华社发布了一条新闻：《谁是最可爱的人》中的"烈士"李玉安还活着。随后，又一条新闻传播开来：松骨峰战斗中的又一位"烈士"井玉琢也活着！几十年间，两位老英雄隐功埋名，在平凡的工作岗位上默默奉献，彰显了"功高不自居，德高不自显"的崇高品质。1997、1998 年，两位可敬的老人相继离世。

——题记

一

一篇脍炙人口的《谁是最可爱的人》
让更多的人知道了松骨峰
知道了松骨峰上那场激烈的战斗
知道了那场战斗中的英雄李玉安、井玉琢
可人们不知道，多少年以后
北方寂寞土路上行走着的那两位老人是谁

二

那是多么普通的两位老人啊

尽管他们身上伤痕累累

尽管他们的昨天曾是一部雄壮的传奇

可是没人知道,没人知道他们曾经沧海

没人读懂他们额头上那凝固了的风云

人们只知道,那是两条静静的小溪

三

他们兀自深沉而欢快地流淌着

他们认认真真生活,他们勤勤恳恳工作

他们说:"人没死还有啥困难?"

他们说:"要对得起死去的战友。"

他们种地,他们做工

他们的每一页日历上都洒满实实在在的汗水

四

有时候很累,他们想到过手中的功劳簿吗

那可是一张柔柔软软的床啊

不是有人躺在上面舒舒服服吗

可他们没有躺倒。他们也从枪林弹雨中走来

只是他们无法忘记松骨峰那滚滚浓烟

无法走出几十年前那悲壮一幕

五

就着岁月的风雨，他们常常咀嚼昨天的故事
那血，那汗，那咸咸的记忆啊
每每给他们以丰富营养，每每令他们心明眼亮
他们不会索取。他们不需要鲜花和赞美诗
他们只是两枚朴朴素素的松针
永远魂系于共和国浩然之松

原载于《三角洲》2023 年 11 月第 21 期（总第 204 期）

红船，起航于七月码头

那艘船，那艘卓越的红船
像一根顽强的火柴
擦向沉沉黑夜

大爱就这样被点燃了
大义就这样被点燃了
流火惊天，那是我苦难民族
难耐的重重心事
碑向九霄，那是我倔强父兄
不折的根根筋骨

小草拱出厚厚冻土
抖落周身寒气
笑迎暖意融融春之风
小溪冲出硬硬坚冰
一路追寻大海
顶礼辉辉煌煌日之出

那艘船，那艘卓越的红船
如一束智慧的阳光
刺破凄凄苦雨

时光就这样悲壮起来
岁月就这样精彩起来
血染厚土，那是我沧桑九州
鲜红的朵朵心迹
汗湿月色，那是我痴情姊妹
不夜的只只望眼

历史是一部凝重的书吗
历史是一棵挺拔的树吗
所有雄风都不曾老去
祝福与期待一路
激荡年轻的脚步和目光
大地与天空

那艘船，那艘卓越的红船
是一枚金质的钥匙
伸向茫茫海天

世界就这样被打开了
世纪就这样被打开了
巨浪拍岸，那是我滔滔长江
豪放的曲曲欢歌
峰向苍宇，那是我巍巍昆仑
骄傲的赳赳神韵

读远方切切的呼唤
苦难是金，信念为鞋
巨浪深处再铸一代红色风流
夜雨走过，泥泞走过
至伟荣光与梦想何惧濡湿
胸怀对太阳的爱心无旁骛

哦，那艘船
那艘卓越的红船
那艘起航于七月码头的中国号

原载于《黑河日报》1994年6月29日第3版

东方脊梁

一

一九二一，嘉兴南湖
一只朴素红船
毅然驶入中国革命历史

号角吹响，先驱披荆斩棘
码头，丛林，古城
白色恐怖笼罩下的每一寸土地
火焰一经点燃便是燎原之势

板结的泥土唱响复活之歌
青春的热血浸染出漫天曙色
黑暗的云落荒而逃
污浊之水一溃千里

中国革命号
浩浩荡荡驶向红色远方

二

红色远方是太阳的故乡
黄河舞动亚细亚雄风
长城挺起东方龙的脊梁

流火燃亮沉沉夜色
花朵向阳露出笑脸张张
久违的春天
穿冰越雪重返善良人间

拥抱海风,搏击海浪
弄潮儿挥楫出港
撒向大海之网
网网鱼欢,船船载满金色阳光

站起来,共和国挺直了脊梁
富起来,中华儿女日子敞敞亮亮

三

千帆竞渡,百舸争流
面对世界百年未有之风云变幻
复兴号中国巨轮昂昂然驶入新时代

大国智慧，十四亿人民至上
大国担当，九百六十万平方公里沃土吉祥
时代出卷考初心
九千六百万公仆答题不走样

走到世界舞台中央
中国方案，胸怀五大洲四大洋
构建人类命运共同体
中国力量，打造向善向美好时光

高歌一曲吧："我把党来比母亲……"
向母亲祝福，愿母亲安康

原题《向母亲祝福，愿母亲安康》，原载于《夔门报》
2022 年 10 月 19 日第 8 版，经修改以《东方脊梁》为题再刊
于《虹》2023 年第 4 期

看我中华狂草亚细亚崛起新篇

你从厚重的历史走来
血脉里喷涌着中华儿女的无羁与豪迈
五千载岁月悠悠
饱经战火锤炼的英雄气概
中华民族执着拔节
傲立于世界之林的英姿伟岸

苦难已远，初心还在
九千六百万优秀儿女情系人民江山
助脱贫，建小康，战疫情
宏图大展"两个一百年"
中国智慧，五十六个民族情深似海
中国力量，九百六十万平方公里大地阳光灿烂

放眼四海，胸怀五洲
走近世界舞台中央
沉着应对世界百年未有之大变局

为正义发声，为和平护航
铮铮硬骨东方第一龙
勇肩人类命运共同体建设重担

一曲《春天的故事》唱响春天
一个崭新时代画卷铺展
十四亿红心向党
十四亿掌声雷动泪花闪闪
执笔长江黄河两巨椽
看我中华狂草亚细亚崛起新篇

原题《巨椽狂草》，原载于《虹》2023 年第 4 期

为你而歌，我亲爱的祖国

为你而歌，我亲爱的祖国
当灿烂的阳光拂醒沉睡的大地
当沉睡的大地流淌出欢快的小河
我把歌声播进希望的原野
喜悦地为你而歌

为你而歌，我亲爱的祖国
当皎洁的月光点燃如火的花期
当如火的花期吸引着曼舞的白鸽
我把歌声剪成纷飞的彩蝶
热烈地为你而歌

为你而歌，我亲爱的祖国
当晶莹的星光映亮寂静的山岗
当寂静的山岗荡漾出金色的浪波
我把歌声溶入浓郁的麦香
甜甜地为你而歌

为你而歌，我亲爱的祖国
当柔和的灯光温暖多梦的雪野
当多梦的雪野孕育着嫩绿的新禾
我把歌声写成优美的诗句
深情地为你而歌

原载于《黑龙江农村报》1990 年 9 月 30 日第 4 版

共和国颂歌（三首）

永远的十月

永远的十月，是东方巨人
站上天安门城楼的庄严宣布

中华民族由此复兴
挺直伤痕累累的腰板
站起来就是一座山
就有绝对高度
显示黄皮肤的至上尊严
证明黑眼睛的宏大心愿

热情以红烛的忠贞
阴霾迷雾里亮出一片希望
热血汩汩如溪
染母土成花儿的海洋
起航于十月的中国号巨轮

穿风越雨载一船金灿灿阳光

辉煌时代，永远十月
红色生日写满儿女们的温馨祝福

强国好风景

不仅仅蛮荒里燃起了篝火
不仅仅废墟上崛起了楼群
捧读十月，捧读
一个民族复兴的经历与畅想
展望是一条洒满阳光的路
是一曲高歌辉煌

从庄户人家的安居乐业
到校园学子的书声琅琅
从巍巍军营的碧绿
到隆隆厂矿的火红
从东海五颜六色的浪潮
到西域穿风越沙的驼铃
从南深圳一个小渔村的传奇

到北黑河一船西瓜的故事……

强国不是梦
点点滴滴都是海的消息
追赶太阳，追赶
文明与辉煌
亚细亚注定是一艘巨轮
以铮铮珠穆朗玛为帆

不老的情愫

不老的情愫
如生命深处的血液
温暖而鲜艳

那是一种大爱
或者以雨的方式
保证汗的分量
或者以花儿的语言
兑现心的梦想

走尽了崎岖
为求一片春天的阳光
踏平了波浪
为圆一次辉煌的远航

让使命上肩
就有年轻的脉搏
与共和国共振
就有回报母爱的路
在地平线延伸

不老的情愫
是灵魂深处的根系
密集而茁壮

原载于《黑河日报》1994年10月1日第4版

巍巍五千年巨龙昂首

光荣属于你的浴血疆场
青春的名字一队队集结在纪念碑上
一九四九，站上北京天安门城楼
你于血雨腥风的天空
擘画出一轮大大的东方红太阳

世界看着你：目光与脚步同行
智慧与胆识碰撞
镰刀收获着一季季金麦子
锤头一次次赋能钢铁和岩矿
锻造腾飞天宇的雄壮翅膀

《春天的故事》唱响春暖花开
敞开心胸面朝大海
世界更辽阔，花事更灿然
楼房拔节，城市长高
老百姓的小日子铆着劲儿富起来
人民至上，我将无我

撸起袖子加油干

"两个一百年"使命上肩

人心向党，党心向前

欣欣然，五十六个民族跨进新时代

走到世界舞台中央

彰显大国之担当，远见与勇毅联手

善念与果敢并肩

巍巍五千年巨龙昂首雄姿卓然

原题《巨龙昂首新时代》，原载于《三江都市报》2022
年10月21日第8版

和平之歌

——想起那些遥远和并不遥远的战争

就像阳光，就像水

和平的日子朴素而宁静

花儿把每一瓣都开成最艳

星星把每一夜

都亮成美丽童话和诗篇

膏腴的泥土之上

古老的农田碧绿一片

麦子穗穗，如指

弹缕缕乡风为曲曲民谣

馥郁前屯后院

而在城市，霓虹灯闪烁的夜晚

爱情的故事花开不败

或街头，或江畔

缠绵总比路长

憧憬总比月圆

脚手架刷新着每个日子的高度
流水线加工着每段岁月的风采
横街竖路，现代化
以文明的名义
点染每一片辉煌的预言

铃声响了，那是希望的原野
小禾破土而出的韵律
新帆远航前的排练
放飞朵朵参天梦
六月，年年桃红李艳

感谢和平啊
感谢阳光灿烂心中的渴盼
感谢春水穿山越岭
连结天南地北
靓丽人性的容颜

相握的手不再陌生
对视的目光充满友善
只因为爱没有国界

理解温暖了冻结的历史
尊重改写了沉重的昨天

将贪婪的欲望仇恨的火焰
熄灭吧
人类更向往祥和家园
渴望永远晴朗的蓝天

给梦一只船
给流浪的舢板一座宁静港湾
给生命，给爱情
给飞翔一双折不断的翅膀
给白鸽子一份永远

啊，和平，和平
和平是一轮永恒的太阳
永恒于每一个温馨的黎明
每一缕如约的炊烟
每一脉至善至美的情感

原载于《鸭绿江》2023 年诗歌专号

三月，被一个名字感动的春天

——写在毛泽东为雷锋同志题词60周年

三月，我想唱一支歌

歌唱青春的永恒，歌唱美

歌唱六十多年前

伟大祖国一名普普通通的

士兵——雷锋

是的，历史不会忘记

公元一九六三年

一座年轻的丰碑

于中华早春的沃土之上

拔地而起

那是一部写满爱的人生史

朴素封面：一枚

永不生锈的螺丝钉

二十二章生命的宣言

如和风习习，似暖流汤汤

没有战火硝烟

没有惊天动地壮举

一颗热情如火的善心

在风雨交加的深夜

与迷路母女同行

一个忙忙碌碌的身影

在火车上，在电影院里

在河边，在灯下

在不被人们注意的地方

蜜蜂一样忘我穿行

哦，雷锋

一代代中华儿女读你

读出一个个阳光灿烂的人生

三月，一支老歌

一首大诗，一个明媚春天

原载于《三角洲》2023 年 11 月第 21 期（总第 204 期）

魂系黑水河

　　王肃，辽宁新民人。1937 年 9 月参加革命，1945 年"八一五"东北光复后，奉命到黑河地区开辟革命根据地。作为首任中共黑河地委书记、黑河军分区司令员，在极其艰苦险恶环境下，领导完成了黑河地方建党、建政、建军的艰巨任务。1946 年 6 月 12 日，在参加省委会议返回黑河的途中，遭土匪袭击，英勇牺牲，年仅 32 岁。

——题记

一

就这样
罪恶的子弹洞穿了你年轻的生命

二

你是为了拥抱明天那轮辉煌的太阳
而从黑夜深处走来吗
你是被普罗米修斯的壮举深深感动
而把生命燃成一支火把吗

你是痉挛的黑土地之子吗
你是憔悴的麦野之子吗
你是呜咽的风之子吗

三

听母亲唱伤痕累累的歌儿
感受母亲冬天河流一样的灵魂之苦
你喷涌的血性注定要走出苍白如雪的冷漠
而选择流亡、荆棘与沙砾

赤足而行。你用殷殷的血向母亲倾诉衷肠
用充满赤诚的远视目光
阅读母亲睡狮醒来的风景

四

冻土带在你思想的河里复活
你用脚步于呼啸的冬季风中播种春色
希望一天天长成绿色原野
你深陷的明眸燃烧着青春不倦的火

走向琴弦般颤动的地平线
与一棵棵年轻的生命树并肩而立

你以森林的名义期待日出

五

可是你终于未能听到一唱雄鸡天下白
黎明前的黑暗无情地吞噬了你
怒目而立，向让你爱让你恨的世界告别
你选择了一种悲壮如歌的姿势

可是我不相信你真的会长眠。我知道
你一定看到了那春光之剑刺破乌云的壮观
你一定看到了那太阳诞生辉煌的盛典

六

走在王肃大街[1]熙熙攘攘的人群里
童欢叟乐的情景让我蓦然想起了你
假如没有1946那个黑色日子
你也该是一位银发飘飘的慈祥老人

坐在王肃电影院火辣辣的爱情里
想象着明天的生活蜜一样甜美

---

[1] 为纪念王肃烈士，1947年，黑河市将他工作、生活过的大兴街
更名为王肃大街，将海兰剧场更名为王肃电影院。

谁能忘记你硝烟里匆匆的蜜月之旅

七

岁月无情，时间风吹落了多少枝头叶
唯你简约而凝重的故事不曾褪色
唯你沉甸甸的汗珠，年年岁岁
滋养着大片大片的麦子、水稻和玉米

踏着草尖的露珠，我来自小城的清晨
苍松翠柏比我更知你心
黑水河汩汩不息，比我更执着地爱你

八

就这样，站在你朴素的碑前
我一次次学习思索、学习爱

原载于《三角洲》2023 年 11 月第 21 期（总第 204 期）

岁月·墓碑·老人

风尘仆仆，老人从远方来
三十枚时光金币
换得一方硬座车票
紧紧攥进手心
如攥一枚银色钥匙

足音沉沉，目光缓缓
历史之门漆新如镜
轰然顿开间
昨日硝烟扑面
还老人将军岁月

山仍是那山，水仍是那水
唯烈士陵园里座座石碑
晴天丽日之下
再不是当年
那群生龙活虎的人

掬一捧晶莹泪水

洒向寂寞小草

苍天有情啊

松，还是那么翠绿

柏，还是那样挺拔

再鞠一躬，再拥抱一次

熟悉或者陌生的姓名

人生太匆匆

三十年才重逢

再坐一会儿，再合张影

老人从远方来，千里迢迢

默读小城碑刻的故事

任飘飘白发如云

辉映故土

茁壮的麦子与楼群

原载于《黑河日报》1991 年 7 月 31 日第 3 版

海子山不会忘记

　　1988 年 3 月 13 日，四川省石棉县中学初中二年级学生赖宁，为了保护国家和人民财产，奋不顾身地投入扑灭山林大火的战斗中，壮烈献身于故乡海子山上，年仅 15 岁。为了表彰赖宁的崇高品质，共青团中央、国家教委授予他"英雄少年"的光荣称号，四川省人民政府批准他为"革命烈士"。

——题记

一

来不及跟妈妈打一声招呼

你就匆匆地去了

奋不顾身扑向火海，再没回来

十五岁，一颗充满幻想的心灵

就这样停止了幻想

凝固成碑，镶进海子山浓浓的绿荫

二

赖宁，你真的走出妈妈的视线了吗
窗前还映着你凝思苦读的身影
桌上还放着你亲手采集的矿石标本

同学们还记着你淡淡的微笑
老师们还期待着你成为一名地质学家
像李四光那样为祖国找出更多宝藏

三

那崭新的奖状，鲜红如火
正静静地为你编织
一个阳光般灿烂的预言

那精美的证书，金光闪烁
正悄悄地为你铺筑
一条通向成功的阶梯

四

赖宁，你真的躺在大山里睡着了吗
还有那么多那么多的书等着你读
那么多那么多的心愿等着你画

人生是一部巨著,十五章太短
青春之歌在才刚开头的时候
就画下了如此沉重的句号

五

山火熄灭了,焦土下仍在燃烧的
是你熊熊的灵魂之火
在诉说着一个勇敢的故事

3月13日,海子山不会忘记
一位十五岁的英雄少年
把青春留在了火里

原载于《巴山文学》1991年3月号

恋歌，唱给祖国

舞动着，黄色的基因

于咆哮的泥沙里昭示成熟

于肆虐的暴风雨中接受洗礼

循着一路阳光灿灿

怀揣一腔虔诚如火

龙的传人执着龙的耕耘

播种汗水播种创造

播种古老民族

无羁的睿智、倔强、天地心

黄土地滚动野性黄河浪

血雨腥风高擎猎猎图腾旗

以血性抗拒夭折构思美丽

不辍的目光，苦读

遥远的太阳、月亮和满天星光

写下不朽的平仄传奇

旷野里，最初的燧火一经点燃
泉水般清脆的驼铃
耀亮一片又一片不毛之地

有过黑暗日子有过黑色死亡
浓墨瓢泼的夜，豺狼在嗥
满怀阳光的少女
忧郁成北方街头的歌手
和着扬子江深深深深的呜咽
太平洋重重重重的哀伤
以流血的手抚摸流血的心
以流血的心眺望流血的远方

苍天有眼，黄河之水注定雄起
龙种血染红太阳升起的地方
远航去。有人吹响号角
有人挥舞金色花环
放飞希望鸟引领时代潮
爱被点燃，思索站上海岸线
望穿历史的沉沉迷雾

指引一艘又一艘航船在大江大海上浩荡

向远方，向远方

　　原载于《黑河日报》1988 年 10 月 1 日第 4 版、《白桦林》

1989 年 4 月号

向母亲申请，让我们拉纤

——诗话青春启示录

一

那么，粉碎高脚杯吧

醉眼睁得再大

也看不清真景色

二

如果你的心灵

还在流血……

如果你的泪水

还在泛滥……

请接受我的建议

打开你的窗子

要哭，就痛痛快快哭

但莫要失去理智

莫要忘记关于创伤的思索

黎明不容许怀疑

春天不应该陌生

疲惫了，你可以驻足
可以回首
却千万不能，不能就此
扭转展望的目光
改变长征的方向
不是所有的河都流归大海
不是所有的路都走向太阳

三

与其慨叹沙漠里没有绿洲
不如早些摇响手中驼铃
与其责怪阴影厚重
不如点燃自我
化作一线微弱的光明

忧郁并非绝症：只要你敢笑

四

既然这个世界喜欢出产苦难
既然你选择了这个世界

那就把深深的悲伤
埋进深深心底吧
不要让太多的泪水，软化了
你的铮铮铁骨

以青春的名义和责任宣言
你应当有充足的理由
让人们相信：这块
盛产苦难的土地
同样盛产幸福

五

继承先辈的事业
淘金是命定的选择

在时间的河里
你会发现历史的深沉
未来的浩瀚
同时也会发现自己的
存在与价值
淘金者的故事很悲壮

你能迅速
进入角色么

不是所有花儿都能结果
不是所有淘金者都有收获
对饱和的汗水不要吝啬
否则便是生命的浪费
有一天学会了思索
你将为肩上的负荷骄傲……
淘金者不做梦
从来就不做

当你淘到第一粒金的时候
你的微笑是沉甸甸的

六

想到远方的蛮荒还没有开垦
翱翔的羽翼还不曾丰满
我应知道你的心里很焦急
你该相信我眼里有泪滴

面对母亲艰难的起飞

儿女的痛哭最动人

从此我们不要说了
从此我们努力去做吧
做，总比说更实在
行动，总比鼓动更美丽

七

昨天的空白我们去填补
崭新的楼群我们来装潢
只要我们真正拥有
七彩的青春
和爱

谁说青春易老易衰
那是因为他心中
没有祖国风采
缺少民族
之恋

八

如果还有人娄梦不醒

愿你能与我
同声呐喊

想索取吗
请学会奉献

九

为了曾经忧郁
让我们做一轮太阳吧
为了曾经彷徨
给我们一条起跑线吧

我们的心灵已不再苍白
我们的脉搏已不再紊乱

重新绷起古铜色肌腱
重新挺直男子汉腰板
我们郑重申请
向母亲申请
给我们一根绳索
让我们拉纤

十

是的，我们编导的历史剧

已 —— 经 —— 上 —— 演

相信吧：在时代舞台上

我们的青春永远属于自己

永远无愧祖先与子孙

原载于《楚天声屏报·鄂州周刊》2024 年 6 月 14 日第

24 期（总第 1642 期）

香港，我为你鼓掌

一九九七，香港
我曾热烈地为你鼓掌
尽管我的小诗
在十二亿掌声里不够靓

归来中国心，归来结痂的伤
碧空如洗
鸿鹄展翅，鲲鹏翱翔
怎缺得慈母念念不忘的港

大智慧拨云见日
大魄力披荆斩棘
新历史不写沉沉忧思
新画卷满是紫荆花绽放

岁月不居，爱在路上
有风有雨，有惊涛有骇浪
更有彩虹桥飞架

更有金灿灿阳光无殇

香港，香港
我为你鼓掌
为你每一次惊艳世界
为你每一回挺直炎黄脊梁

原载于《楚天声屏报·鄂州周刊》2024 年 6 月 28 日第
26 期（总第 1644 期）

澳门，看你容光焕发

《七子之歌》唱了好久

莲的心事
一直在风雨里盛开

母爱终是伟大
流浪的梦魇醒来
漂泊之心靠岸回家

澳门，看你容光焕发
笑迎一众
黄皮肤兄弟黑眼睛姐妹花

阳光治愈一块块伤疤
阳光把一束束爱
春雨般播洒

沐浴着霞光万道
妈祖微笑不语

高悬数百年的心稳稳落下

原载于《楚天声屏报·鄂州周刊》2024 年 6 月 28 日第
26 期（总第 1644 期）

奥林匹克，北京为你准备了足够的掌声

—— 写在北京申奥进入倒计时之际

为了2008
一个充满光荣和梦想的时刻
北京准备了足够的掌声
足够的心灵的花朵
足够的激情的沸腾

如果你从历史走来
东方美人愿为你
掀开神秘面纱
如果你向未来走去
亚洲雄风愿与你结伴同行

划去问号
北京就是你的朋友
划去问号
北京就是你永远的朋友

和平的鸽子，燃烧的阳光
古老而又年轻的北京
有谁望不见茫茫天宇之下
这一片亮丽的风景

为欣赏海洋的澎湃，请来北京
为聆听龙啸九天，请来北京
北京，北京
张开了臂膀的北京
为你准备了
足够火红的掌声
足够与众不同的激情

原载于《黑河日报》2001 年 5 月 23 日第 3 版

复活的江

——写在黑河"一日游"开通后

源自北京，源自莫斯科
源自千百万黄皮肤白皮肤的心窝
开江风犹如黎明的战歌
蓦然复活了一条江的传说

冰排载着冻结的历史
流去远方
坎坷的历程
浓缩成一枚沉重的夕阳

来啦，携着火一样热情
布拉戈维申斯克如约而至
热烈拥抱的一瞬间
双手握出一座彩虹桥

目光不需要翻译
合影留在黑河城里

这是一个美丽季节哟
感情的潮水激荡心海之岸

徜徉于奇异国土
少女
轻盈的倩影
化作绿色诗集的抒情

一个故事美丽地开始了
望向东方，太阳的瞳孔里
复活的大江之上
希望号轮船长风破浪

原载于《黑河日报》1989 年 6 月 28 日第 3 版

黑河情怀（二首）

　　生之恩，育之情，这是黑河这方水土馈赠我的永久财
富，我当好生珍视，于心、于灵魂深处……

——题记

太阳吻
　　—— 一个黑河人的述说

小城原本是一块历史的伤疤
血染的知名度
曾经雨花石般不堪咀嚼

是和平的阳光
照亮幽幽黑龙江两岸的花朵
友好的手一经相握
一座桥便由此而诞生

沿着辉煌的设计
好日子一路走来
冰手冰脚的北方小城哟

望向南方的泪眼
硕大的思念晶莹璀璨

洁白的冰排顺流而去
行色匆匆的不仅仅是比翼之梦
还有沉甸甸的期盼
沉甸甸的爱

推开新世纪的门扉
漂亮小城一记火辣辣太阳吻
扬手抛给晴朗朗的天际

读你，读出北方一片海
—— 题大黑河岛

你是黑河的眼
你是祖国的眸

曾经，在长风携草而舞的日子
你把满腹心事深藏
静坐于一隅传说

美丽而荒凉

我知道啊，那个时候
你是一只闭目
而小城黑河是一个
大山深处还没有长大的孩子

感谢阳光犁开了冰封的黑龙江
感谢海的消息远远传来
感谢你喜而睁开
小城黑河的大眼睛

从此，你再无睡意
每个日子都写满了期盼
昼与鹰飞
夜枕星光璀璨

哦，大黑河岛
读你，我读出了北方一片海

原载于《黑河日报》2000年6月14日第3版

北方热风景（二首）

这方热土

风雪岁月里，小城
寂寞如江边褪色的小木屋
苍老的故事，一片片
墙泥般剥落无声

感谢阳光，感谢春风
犁破了那一江沉沉冰锁
复活了这两岸袅袅歌声
花红，柳绿，希望的原野
露珠闪烁着晶莹的眼睛

目光如约而至，足音如约而来
冻土带就此沉梦大醒
风风火火走进美丽的春天
构思崭新的楼房和街道

孕育全新的思维与理念

哦，小城！这方热土
耕耘者不再一味拥抱自己
骄傲的手臂张扬如旗
托举起一个辉辉煌煌的主题

夜的街市

这是电影院录像厅门外
又一种风景
这是黄昏玫瑰色幕后
又一部多主题连续剧

在这里，欣赏风景的
同样也是被欣赏的风景
观看表演的
同样也表演着给人观看

许多人就这样学会了
更积极地参与社会生活

许多人就这样发现了
另一个不一样的自己

夜的街市，街市的夜
南腔北调，说东道西
这是夏天里的夏天
这是小城中的小城

原载于《黑河日报》1991 年 7 月 24 日第 3 版

黑河潮（三首）

二月，龙节速写

大红灯笼高高挂。蜜色夜晚
边城开始心花怒放
月色柔柔的情愫袅袅如烟
亮丽熟悉或者陌生的眼

站在二月布满掌声的门前
故乡如此演绎梦美如诗
宏图于热土之上恣意铺展
笑迎智慧与爱的濡染

归来的都是雁啊
浪风飒飒，翅风匆匆
束束向远的目光
深入扑面而来的金色明天

一双手可以拥抱世界
两双手握出一座桥
让不辍的脚步去解释人生吧
辉煌总是燃烧的太阳

边城之春

好消息如一场暖人的雪
置边城于纷纷扬扬的祝福里

虽说达子香还在远山之中
素裹里酣梦正浓
虽说小鱼儿尚于坚冰之下
游来泳去思念阳光

可春天——那美丽的颂歌
已然翩翩而起
那是边城人心头的喜悦
无语眸子闪闪如星

向往海，向往长风的抒情

万浪深处做一叶帆
潇洒蓝色潮头
画人生满卷精彩

好日子是一片不老的春
于边城人丰腴的心田绿油油

有朋自远方来

有朋自远方来
有风尘仆仆的爱情自远方来

自远方来，边城
张开热情如火的手臂
拥抱热情如火的岁月
热情如火地创造

敞开门——就有门外的风
吹皱一池静水
走出屋——就有屋外的世界
惊喜两盏明眸

有朋自远方来
有雄起的高楼大厦自远方来

原载于《黑河日报》1993 年 2 月 24 日第 3 版

第二辑

小爱低吟

爱字第一号

亲爱的，只消一个眼神
我便不能把你忘记了
你的目光如秋水盈盈
如此暖意融融
让我每每想到女神的明眸

只消一朵微笑
我便尝出了整个春天的芬芳
你细腻的情感
是一场细腻的意识雨么
从此我的心野不再焦渴荒凉

都说太阳是光明的象征
我更愿意
把这一份褒奖捧献与你
你的灿然之爱是把金钥匙
从此我将拥有一切

拥有一切，只为拥有了你
有你的日子，写满快乐
写满快乐的日子
再不会满天飘飞淅淅沥沥的雨

感谢爱神叩响了我尘封的心扉
让我们一起来构思吧
以心为题，以血为墨
写一首纯纯的爱情、纯纯的诗

原载于《人生与伴侣》（文学版）2023 年第 3 期（总第
1016 期）

相思是一种饥饿

静坐
夜色携孤独汹涌而来
染我成一段音乐

相思是一种饥饿
是爱人于月桂树下
最初的拥抱之后
最有滋味
最堪咀嚼的柔情馈赠

注定要忍受
静夜,静坐
饿极,望那轮明月
是一张圆圆的饼

不敢狼吞虎咽
小心翼翼

细嚼之

原载于《艺术家》2023 年第 8 期（总第 296 期）

爱不需要遗产

爱不需要遗产
情也无需装潢
选一块寂寞的土地
建造我们的小房

纵然门粗窗陋
只要有快乐如猫
金楼玉宇
难留一片春光

原载于《武侠故事》2023 年 7 月第 26 期（总第 847 期）

选一个阴雨天气

选一个阴雨天气
约你
出去走走

不撑伞
不着风雨衣
赤足深入泥水
裸臂拥抱
扑面而来的寒凉

于泥泞深深处
播种爱情
火，或者阳光

原载于《名家名作》2023 年 4 月第 11 期（总第 91 期）

倾诉

纵然贫无片瓦
我还有一间温暖的心房
足够珍藏你
鲜艳艳的笑模样

纵然身无分文
我还有一根正直的脊梁
足够扶住你
夜深深的疲惫与忧伤

原载于《楚天声屏报·鄂州周刊》2024 年 6 月 14 日第 24 期（总第 1642 期）

唯一的馈赠

除了这一颗
为爱而狂跳的心
我不可能有第二种馈赠
用来捧与你

尽管身后金碧辉煌的建筑群
令人挥霍了太多梦想
尽管眼前光怪陆离的娱乐城
令人洒落了遍地向往

可是我不能
在这座诗歌日益贬值的城市
我只有一份月色忠贞
为你默默苦守

真爱不会两手空空
一贫如洗，亦是百万富翁
晴，与太阳学辉煌

雨，携彩虹练展翅

原载于《人生与伴侣》（文学版）2023年第3期（总第1016期）

美丽的小偷

偷我的目光
当作一把火柴
将沉沉的夜点燃

偷我的名字
当作一枚口香糖
把淡淡的梦儿嚼甜
哦，小偷
秀发飘飘的小偷
藏在人群深处

偷我的思念
斟满干渴的杯盏
印上圆圆芳痕

偷我的诗句
题遍寂寞的心空
温馨孤独岁月

哦，小偷

明眸闪闪的小偷

藏在人群深处

　　　　原载于《楚天声屏报·鄂州周刊》2024 年 6 月 14 日第
24 期（总第 1642 期）

雨雪之恋（二首）

共有雨季

让我们走出封闭的小屋
与匆匆归巢的鸟儿
逆向而歌

心事美丽地撑开
爱的种子
踩入泥泞深处

以臂为枝，就有伞开如花
就有香香甜甜的果
太阳般跃上枝头

独享雪季

以风为线织一件雪衣

给我穿上
既然我是一间小屋

看你把梦做得花儿一样美
看你把时光过得
火一样红

亲爱的，只要你足不出户
漫天风雪
在我就是玉脂护肤

原载于《名家名作》2023年4月第11期（总第91期）

在这样的深夜

思想之鱼游进浓浓月色
浪花溅湿燥热的心壁
告诉我，在这样的深夜
你是不是和我一样
正窗前独倚

房间里布满丁香的气息
街灯站在遥远的风里
饱蘸青春的潮水
一股脑，我把
爱情的滋味写进日记

有时候日子落满灰尘
就成了丰腴的土地
春日里不经意的撒播
秋日里竟长出
葱葱一树绿意

在这样的深夜
我的五颜六色的小鱼
一尾尾游失
告诉我，它们是不是
都被你钓进了篓里

原载于《艺术家》2023 年第 8 期（总第 296 期）

坐在如水的夜色里

坐在如水的夜色里
我是一座不冻港

每一页洒满阳光的日子
都叠成了玲珑小舟
盛满火辣辣相思
每一次轰轰烈烈的起航
都写进了航海日志
庄稼般绿波荡漾

目光于星月间定向穿行
那是一条永不褪色的航线
夏日里载芳草茵茵
冬日里载雪花飘飘
只要日子一页接一页
小舟就一艘连一艘

坐在如水的夜色里

我是一座不冻港

原载于《人生与伴侣》（文学版）2023年第3期（总第
1016期）

思念在夜色里起航

走出白昼的纷繁
以笔为桨
思念在夜色里起航

亮亮的心事
布满诗意的征帆
浓浓的情愫
随了习习熏风向远

太多的花朵
太多的诗篇
芬芳了一路风景
灿烂着两岸星天

纵使前途
雨如水注雪如蝶舞
相思无季啊
心之舟永不晚点

驶进宁静湖水

如约的思念

是一条不老的航线

原载于《艺术家》2023 年第 8 期（总第 296 期）

总是忘了爱你

总是在八小时以内
不愿意鱼儿般游进人海
总是在八小时之外
走不出郁郁书山

总是陌生于娱乐城的光怪陆离
总是读不懂牛仔裤疯疯癫癫
总是在星期一的早晨
蓦地记起昨儿是盼望已久的星期天

总是在你哭过之后
动情地承认忘了爱你
总是在你笑过以后
傻傻地又把你手机静了音

总是捧读了你的生日贺卡
才想起母亲的叮咛男大当婚
总是展开了你如火的信笺

才忆起你是多么痴情的女孩

总是忘了爱你
总是骄傲于你的纯真
总是梦里拥你入怀
总是醒来心中充满浓浓愧意

原载于《武侠故事》2023 年 7 月第 26 期（总第 847 期）

相思有价

随便一缕柔风
都能飞成你的秀发
随便一汪清泉
都能漾出你的微笑

亲爱的，再不敢说
男儿心宽体胖
小小的你
已令我备感艰辛

原载于《楚天声屏报·鄂州周刊》2024 年 6 月 14 日第 24 期（总第 1642 期）

不要说永远

不要说永远
永远有时候是一种
美丽的欺骗
也许明天我们就会分手
也许分手以后
再没有相见的理由

如果倾心相爱
温馨的身后就该留下两串
真实的脚印
而不是海誓山盟
那些昙花一现的残片

今夜月色如水
我相信任何虚情的表白
都是对这片圣洁残酷的污染
让我们默默用心交谈
默默享受这份无言的情感

爱我，你就笑吧

恨我，你就哭吧

只是咱不说

不说永远

因为永远有时候

是一种甜蜜蜜的伤害

原载于《武侠故事》2023 年 7 月第 26 期（总第 847 期）

既然你不甘心嫁个懒汉

原谅我吧，原谅我的吝啬
我实在不能够
把整个身心
都给你

还有友谊的花朵
需要我倾注真诚的情感
还有事业的小树
需要我浇灌无私的血汗

还有饱经风霜的母亲
等候我每一声迟到的问安
还有历尽苦难的祖国
期望我每一步成功的登攀

既然你不甘心
嫁一个庸庸碌碌的懒汉
那就为我祝福吧
替我解开那根缠绵的缆

浪迹天涯海角

我不企求一路平安

只要星星写满天空的时候

你能寄我一星如火的思念

纵然不能成为太阳

做一颗小星

我也要把生命淡淡的荧光

洒向不朽人间

纵使多少年以后

我年轻的风帆

被岁月撕成了碎片

闪闪泪光仍会美如诗篇

原谅我吧，原谅我的执拗

我实在不希望

广阔梦野里

只有一个孤独的你

原载于《艺术家》2023 年第 8 期（总第 296 期）

与其海誓山盟

海不曾枯，石亦不曾烂
多少爱情的故事
已不再圆满

草绿的时候
花儿红的时候
月白风清的夜晚
正好信誓旦旦

可草不会总绿
花儿也不会总艳
当霜来时，当雪来时
痴情是不是依然

君不见，沙滩上
那一地箴言
潮涨惊涛拍岸
潮落空留一片遗憾

时间风奏响三月柳笛

金秋亦演舞蝶翩翩

不经历连绵雨季

又怎知爱是一双拐

与其晴天丽日下海誓山盟

焉如风雨扑面时

做一把小伞

原载于《艺术家》2023 年第 8 期（总第 296 期）

如约而至（四首）

信

素笺在手
如一只熨斗

我褶皱的心事
被——熨平

电话

夜色如水
骤然间沸点密布

甜言蜜语
浸染万水千山

月

相思最减肥
一路无悔

风尘轻轻略去
微笑一弯如水

脚步

寂静房间
我是一面鼓

伊人匆匆的脚步
令我饱尝快意的痛苦

原载于《楚天声屏报·鄂州周刊》2024 年 6 月 14 日第
24 期（总第 1642 期）

为了爱情永不褪色

为了爱情永不褪色
留一段距离吧
让我们一起，再走走

芳草地固然美丽
可美不过秋风乍起
还是泥泞里留双足痕
经得起岁月的无情淘洗

如果青春不印上几点泥斑汗迹
老来我们回忆什么
如果爱情只是卿卿我我
人生的价值又该从何谈起

展翅翱翔的风筝
需要一根长长的引线
高耸入云的楼宇
需要一次成功的奠基

为了爱情永不褪色

留一段距离吧

让我们一起，再走走

原载于《艺术家》2023 年第 8 期（总第 296 期）

感谢孤独

感谢那一跤
将我跌得鼻青脸肿
感谢那一跤
将我门前叽叽喳喳的鸟儿惊跑

从此一个人独坐黄昏
小屋如庙
从此再没有时光的麦粒
去喂无聊

感谢那伤口
让我尝出血的味道
感谢那血渍
让我看清路的迢遥

从此一个人穿风越雨
丈量人生
从此再没有多情的藤蔓

缠绕手脚

感谢那孤独
给我你轻盈的足音
感谢那孤独
给我你智慧的微笑

原载于《艺术家》2023 年第 8 期（总第 296 期）

爱上你是一个美丽的错

——献给做小学教师的女友

爱上你很无奈

你的日子如一面面明镜

总是挤满花朵般的笑脸

无论我英俊还是丑陋

我知道我永远

挤不过那群男孩女孩

昼里望街上花枝招展

遥想你风尘仆仆奔向校园

夜里望你案上座座小山

遥想江畔成双结对的浪漫

一半理解一半怨啊

在单身宿舍化作一纸诗篇

爱上你很无奈

不爱你又很难

任寂寞的目光如羽

一遍遍掸你镜上尘埃

走过春夏走过秋冬

唯独走不过美丽的缘

月在时间的风里悄然褪色

你布满血丝的眸中

嫩嫩的花季正艳

都说被人惦念是一种幸福

真想明早一觉醒来

我又是顽皮的小小少年

原载于《文苑》2021 年 12 月第 35 期（总第 806 期）

情诗，没有外一首

再没有相思可以挥霍
再没有约会可以选择
最可爱的小女孩
已经鸟儿般栖落肩头

如同岸之于水
如同土之于树
流浪的灵魂
就此系于一方水土

两对目光四根柱
家是风雨不摇的小屋
昼把太阳点作心灯
夜数星星无数

寒有一袭温暖
病有满盏甘甜
哭如双泉水

笑比并蒂莲

四只手掌两双桨
日子如舟，浪里涛上
航线向天远
心是一座不冻港

最可爱的小女孩
已经猫儿样温柔在怀
再没有情诗外一首
再不会失恋惹心愁

原载于《人生与伴侣》（文学版）2023 年第 3 期（总第 1016 期）

9 月 26 日：写给爱妻

爱你的理由写满每一页掀过的日历
阳光下你是一朵花儿
风雨里你是一把伞
在这座默默无闻的小城
你把芬芳默默植进我的绿色诗笺
而把风雨每每挡在黎明之外

我的贫穷有目共睹啊
我的富裕有目共睹
感谢前世之缘送我们一条航线
从此爱之舟出港
不载庸俗，不载市侩
唯有鲜花一样的歌声
装满我们朴素的船
左一桨温馨，右一桨欢快

纵然前路有未卜的风雨
哪一天打伤了我骄傲的帆

不要紧，还有瘦瘦桅杆

伴着你挺立向前

礁石不是我们的对手

真的，就像风之于海

再肆虐，也只能

掀起有限波澜

相信我的真诚吧

记住我用血之墨写就的诗篇

阳光下我不会语蜜言甜

风雨袭来的夜晚

我心之屋将为你敞开干净的房间

火炉虽小，茶点虽淡

梦却可以做得又暖，又圆

原载于《黄河文学》文教版 2023 年第 3 期

雨中，渐行渐远的背影

最后一组镜头
是你模糊的身影
渐渐消失在雨中
想为你送行
却忘记了带伞

只好远远地望你
写几句淅淅沥沥的诗
告别，不该在雨天
雨天的路太泥泞
雨天的心太阴郁

多少个温馨的夜晚
多少个流泪的梦
就这样，花开花落
黯然结局
湿漉漉，凉冰冰

也许，一个时辰以后
天就会放晴
可你忧郁的泪水
什么时候才能流完
没有人告诉我

只好远远地望你
写几句淅淅沥沥的诗
不能帮你把泪擦干
索性也开放几朵小花儿
送你作赠言

原载于《名家名作》2023 年 4 月第 11 期（总第 91 期）

晨雾茫茫

为了昨天的日子，已经
流浪去远方
我以匆匆的脚步走来
如约地接收
你湿漉漉的思念

还是原来的黎明，却非
过去的风景
长长的堤岸之上，我是
一座崭新的雕像
孤独而寂寞

听愉悦的江鸥，宣言
古老的爱情
看冷漠的礁石，沐浴
岁月的潮汐
我为一枚黑衣贝而哭

那是我们的故事呀
一部还没有完成的传奇
就被遗落在
盛产泪水的沙地
承受着阳光的凝结

你还在等待么，我的诗
我的用荣誉和梦幻叠成的小船
已经起航，向着你
哦，晨雾茫茫
晨 —— 雾 —— 茫 —— 茫

原载于《武侠故事》2023 年 7 月第 26 期（总第 847 期）

想起放飞蜜蜂的时候

想起放飞蜜蜂的时候
花期已过
朵朵红颜
鸟儿般，纷纷飞离枝头
归巢而去

风景就这样
一夜间进入秋天
流浪的心就这样
一夜间
断线如风筝

真的
巢是秋天的果啊
重新选择土地
重新播种目光
百里之遥，千里之远
总该有茵茵绿草

寂寞如我

想起放飞蜜蜂的时候
最初的溪水已老
更年轻的花儿
在远方
还没有开放

原载于《武侠故事》2023 年 7 月第 26 期（总第 847 期）

送你一丝遗憾的笑

你是一座玫瑰色小岛
盛产甜蜜的歌声和微笑
我是一条流浪的舢板
苦涩心海正在涨潮
我们相识
世界是那样美好
花香弥漫着你的心扉
阳光指给我神秘的航道
有心抛锚在你的身边
化作和你一样的岛
又不甘心流浪的历程
就此画上草率句号

轻轻地摇摇头
送你一丝遗憾的笑
我将继续漂泊于四方
在岁月风雨里寻找大潮

也许有一天命里注定

我还会回到你身边

遍体鳞伤

但我不会向你哭泣

述说我的不幸与悔恨

如果你愿意

那就轻轻摇摇头

还我一丝遗憾的笑

原载于《武侠故事》2023 年 7 月第 26 期（总第 847 期）

为昨天的故事结尾

也许，我不该到这里来
把那方蓝蓝的梦寻找
然而我还是来了

临江街上的晨雾很浓很重
像你忧郁的歌声
诱惑我启动不曾着履的
赤足，艰难走回
那个我们才刚走出的雨季

于是我又记起了你的伞
那角没有星没有月的夜色
以及一棵善良的寿槐
以及一阵并不遥远的犬吠
还有我们最初的……

当然也记起了校园里
那一簇最后凋谢的丁香

那一盏最后熄灭的灯火
和那一声最后的汽笛
猝然撕裂碧色苍穹时的伤痛

为了昨天的记忆太潮湿
为了明天的祝福太沉重
我想说，接受生活的忠告吧
梦总有醒来的结局
雾总有散去的时候

也许，我不该到这里来
这里的风景是崭新的
然而我还是来了

原载于《武侠故事》2023 年 7 月第 26 期（总第 847 期）

苦酒也是祝福

不是没有泪水
雄性的泪腺也很发达
不是没有伤别
铁骨铮铮也会波光柔柔
当一切成为昨夜星辰
那朵丁香花的记忆
还是一首鲜鲜艳艳的抒情诗吗

忘记那条弯弯小路吧
记住那双和你一样失眠的眼睛
不要说昨天已经羽化
也不要说往事不堪回首
让我再为你斟一杯泪水
记住：苦酒也是祝福

原载于《武侠故事》2023 年 7 月第 26 期（总第 847 期）

最初的相思（三首）

失眠之乐

熄灯，熄不灭
你的娇嗔

让我的想象之手
挽紧你的名字
于室友响亮的鼾声里
悄然起舞

深夜，谁人似我
快乐地失眠

没有你的日子

没有你的日子
小屋是一座庙

很多词汇
诸如失眠
孤独或者思念
一瞬间便领悟于心

没有你的日子
满屋子都是你

孤独如月

不甘寂寞的电话
忽然内向起来

没有铃声穿透静夜
孤独如月
远远向我游来

原载于《楚天声屏报·鄂州周刊》2024 年 6 月 14 日第
24 期（总第 1642 期）

飞鸟与小鱼

不知道是哪一天
我的心空飞来一只小鸟
一翅扇着墨香，一翅舞着诗韵
以一袭月色温柔
点亮我一个又一个
寂寞黄昏

风帆张扬，相思启航
含蓄的诗歌作证
不含蓄的凝望作证
我冰封已久的心湖深处
那小鱼儿
激动得不知道如何游来游去

原载于《人生与伴侣》（文学版）2024 年第 3 期（总第
1064 期）

丹心如雪

不惹俗艳，雪之高贵
来自天宇
通体温润如玉

小小一朵雪
怀揣那么盛大的一腔爱
千里迢迢舞进大地的怀抱
不声不响
化作一滴春天的水

媲美幸福的泥土
我之艳遇，丹心如雪

原载于《人生与伴侣》（文学版）2024 年第 3 期（总第
1064 期）

春天的雨

是你亮亮的眸光呀
那一天
闪电般击伤
我的心空

我的心空
自此，飞扬着
一场又一场
春天的雨

原载于《人生与伴侣》（文学版）2024 年第 3 期（总第
1064 期）

种一海玫瑰

是一朵火般的温暖
是一溪水样的明澈
静静地无言之美
暖暖，亮亮
浸染着我每一个黎明与黄昏

品你，如品一幅画
读你，是读一首诗

春天拥抱过
冬天我亦该笑脸相迎
只要心有一片沃野
我就敢把你甜甜的笑靥
种成一海玫瑰

原载于《人生与伴侣》（文学版）2024年第3期（总第
1064期）

关于爱的思索

1

爱是一副魔方
聪明人绝不会把它
拧得乱七八糟

2

爱是一道算式
加加减减等于人生

3

爱是一肩扁担
是四条腿
撑起一个家

4

爱是一怀憧憬
一部长不大的童话

5

爱是一天星辰
寂寞的时候飘落枕上
比梦还稠

6

爱是一次旅行
搭错车就去错了地方

7

爱是一台比赛
不是舌头
就是心荣膺冠军

8

爱是一篇散文
字碗句锅

9

爱是一场飞雪
辉煌身后
那一畦畦麦绿

10

爱是一个句号

画圆了就是太阳

原载于《楚天声屏报·鄂州周刊》2024 年 6 月 14 日第 24 期(总第 1642 期)

记之于后三个词

几经斟酌取舍,《大小爱》编定。此刻,言犹未尽,回首之,展望之,再补记一二三。

一曰诗心暖暖

大爱,小爱,都是爱,都是我笔墨人生诞育之诗小孩儿,即便不够健硕、不够俊朗,自信尚还阳光、洁净。

是故,真的非常感谢生命,感谢爱,感谢苍茫大地、沧桑岁月……一册薄薄的《大小爱》,跳动着我不老的暖暖诗心!

二曰诗情汩汩

《大小爱》收录的诗作,大都是一些旧制,有的当初完稿即拿去报刊发表了,更多的,尤其是"小爱"的大部分,一直藏身于我的电脑几十载,并不曾示人。

近两年,随着年龄增长,闲暇时间渐多,遂诗情重燃,翻出过往诗稿,逐一修订校正。同时,将其中一些当年不曾公开发表的,或者以往虽有发表,今又做了较大改动的作品,陆续交由有关报刊亮了相。因之,集子中的大部分诗作,写作时间与见刊时间是有跨度的,一些跨度还非常之大。

春光可以渐远,自己心中的那一溪红色诗情,依然汩汩!

三日诗路漫漫

有诗的岁月是温馨的，有诗的人生是温暖的……平平仄仄的脚印，必得扎扎实实地走出来。

有位名人说过"诗是灵魂的酒"，这话我非常之信，由是我很乐意跟着缪斯走，纵使前路漫漫！

真心感谢当年有诗，感谢而今有诗……岁月的风雨中，明天还会有诗，阳光一样照拂着我，溪水一样浸润着我！

2024 年 8 月 1 日于北疆边城黑河